L. LIONEL R[...]GUET

ÉTUDES

IRLANDO-AMÉRICAINES

L'HUMOUR DANS LA LITTÉRATURE AMÉRICAINE

L'IRLANDE PROTESTANTE

PARIS

C. MARPON ET E. FLAMMARION

ÉDITEURS

26, RUE RACINE, PRÈS L'ODÉON

ÉTUDES

IRLANDO-AMÉRICAINES

DU MÊME AUTEUR

Nouvelles Irlandaises Mosaïque. — 1882-83.

Étude d'Histoire contemporaine. — Renouard, Henry Loones Successeur. 1884.

Germaine de Montréal. — C. Marpon et E. Flammarion. 1885.

EN PRÉPARATION

Grammaire et Anthologie scandinaves. — Maisonneuve et Ce, quai Voltaire.

L. LIONEL RADIGUET

ÉTUDES

IRLANDO-AMÉRICAINES

L'HUMOUR DANS LA LITTÉRATURE AMÉRICAINE

L'IRLANDE PROTESTANTE

PARIS

C. MARPON ET E. FLAMMARION

ÉDITEURS

26, RUE RACINE, PRÈS L'ODÉON

L'HUMOUR

DANS LA

LITTÉRATURE AMÉRICAINE

Le jour où la race américaine s'est sentie assez forte pour secouer la tutelle anglaise, il lui restait encore beaucoup à faire pour consommer son indépendance; le drapeau britannique ne flottait plus sur le territoire de l'Union, mais l'influence commerciale et morale de la mère patrie n'en demeurait pas moins intacte dans la colonie, devenue nation.

Dès le premier instant de son existence nationale, le Yankee avait juré de briser les derniers liens qui l'attachaient encore à la vieille Europe. Cette constante aspiration de l'Amérique ne s'affirme nulle part plus hautement que dans le domaine de la littérature.

La jeune énergie de ce peuple nouveau, un moment annihilée par la fièvre de l'or, atrophiée longtemps par l'existence de l'esclavage, ne devait pas tarder à embrasser les questions plus solides des productions industrielles et agricoles.

Aujourd'hui, les unes suffisent à l'alimentation des États-Unis, les autres menacent déjà d'envahir certaines régions de l'Europe occidentale.

Depuis longtemps les savants du Nouveau-Monde ont cessé de demander des leçons à l'ancien continent, qu'ils commencent à étonner par leurs audacieuses et admirables découvertes. Qui sait si le dernier mot de cette force de l'avenir, l'électricité, ne nous sera pas donné par la science d'outre-mer?

Les étranges conceptions d'Edgard Poë ont dévoilé aux penseurs de tous les pays un horizon jusqu'alors ignoré. Ce serait néanmoins une grave erreur de chercher dans les œuvres de ce grand écrivain l'incarnation du génie littéraire et de la race américaine. Edgard Poë a pu subir dans une certaine mesure l'influence du milieu où il s'est trouvé à vivre, sans que l'originalité toute personnelle de son immense talent en ait été le moins du monde atteinte.

Le représentant le plus complet et le plus remarquable de la littérature nationale aux États-Unis, est M. Clemens, plus connu sous le pseudonyme de « Mark Twain » dont il s'est servi pour signer ses principaux ouvrages.

Avant de devenir un écrivain distingué, Mark Twain s'était senti beaucoup d'attrait pour la profession de « pilote fluvial » ; il en a dépeint la grandeur et la décadence dans un de ses premiers ouvrages (1). Ce nom qu'il a illustré n'est autre que l'un des termes les plus usités du répertoire des mariniers du Mississipi.

(1) *The Mississipi pilot.* édition anglaise. London : Ward, Locke and Co., Warwick House.

Mark Twain est universellement appelé aux États-Unis *The Wild Humorist of the Pacific Slope*, le sauvage humoriste de la côte du Pacifique. Ce surnom, difficile à traduire, renferme en soi tout un jugement porté par la grande voix de l'opinion populaire ; c'est une désignation excellente de la qualité profondément nationale de l'auteur, l'*humour*.

En lisant Mark Twain, le Yankee s'est reconnu dans ses pensées les plus intimes, dans sa vie privée comme dans son existence publique ; il a pardonné au moraliste sa verve mordante, pour rendre hommage à la vérité d'expression de cette œuvre magistrale qui inaugurait l'ère d'une littérature et surtout d'une langue nationales.

Les travaux de Mark Twain peuvent être groupés en deux catégories distinctes :

The Innocents at Home, consacrés à l'étude des Yankees chez eux, et *The Innocents abroad*, où il peint les Yankees en voyage. La première de ces études est la seule à présenter un grand intérêt au point de vue de l'*humour* ; encore peut-elle se résumer dans l'analyse de l'œuvre culminante de cette série : *The Celebrated Jumping Frog*.

Ce livre n'est qu'un recueil d'historiettes, ou, plus exactement, de boutades humoristiques. Le titre est presque impossible à rendre en français sans en altérer la signification. C'est là d'ailleurs une difficulté qui se présente à chaque page dans les écrits de l'auteur, et tout essai de traduction n'aboutirait qu'à des productions insipides ou inexactes.

The Celebrated Jumping Frog est l'histoire d'un parleur fanatique qui, blasé sur le chapitre de la boxe, des courses, des combats de coqs et de taureaux, avait imaginé de leur substituer un sport moins en désaccord avec la loi Grammont... d'Amérique. Il avait cultivé dans cette intention les dispositions naturelles d'un humble batracien, auquel il était arrivé à faire exécuter des sauts prodigieux. On fouilla vainement tous les marécages du district, sans trouver une rivale heureuse à cette fameuse grenouille dont la possession valait une fortune à son propriétaire. Un jour, un parieur déloyal profita d'un moment où le Barnum de la célèbre sauteuse avait le dos tourné, pour lui faire avaler un verre de whisky ; la lice ouverte, le pauvre homme fit en vain des prodiges pour obtenir le moindre saut ; menaces, supplications, promesses même, tout fut inutile ; sa grenouille le regardait d'un air hébété, tandis qu'un autre, à peine sortie de sa mare, remportait une victoire facile. Le filou empocha le montant du pari, et lorsque le mystère fut éclairci, il était déjà loin.

Mark Twain consacre les pages qui suivent au chapitre de la correspondance. Surtout recommande-t-il à ses lecteurs : « Quand vous écrivez, ne parlez à votre correspondant que de personnes et de choses auxquelles il prend quelque intérêt. Ce principe est surtout observé par les enfants. Comme exemple, il cite la lettre suivante :

Saint-Louis, 1865.

« Oncle Mark, si vous étiez ici, je pourrais vous réciter l'histoire de Moïse ; je la sais maintenant. M. Sowerley s'est cassé la jambe en tombant de cheval ; il montait le dimanche. Margaret a enlevé de votre chambre les crachoirs, les seaux, les vieux pots, en disant qu'elle croit que vous ne reviendrez jamais. La mère de Sissy Mac Elroy a eu un nouveau bébé ; elle en a très souvent. Le dernier a les yeux bleus comme M. Swinley, qui habite chez eux ; d'ailleurs il lui ressemble beaucoup. Ma chatte a eu encore des petits. Oh ! vous ne sauriez imaginer, deux fois plus que celle de Lottie Belden. Il y en a un qui est si joli que je l'ai appelé comme vous. Ils ont d'ailleurs tous des noms maintenant : Général-Grant, Exode, Lévitique, Horace, Deutéronome ; tous, excepté un, que je conserve pour remplacer celui qui porte votre nom. Il a été malade ces temps-ci, et je crains qu'il ne meure.

2

« Oncle Mark, je crois que Kattie Calwell vous aime ; je sais qu'elle vous trouve bien, car je l'ai entendue dire que rien ne pourrait altérer votre jolie figure, que même si vous aviez la petite vérole vous paraîtriez aussi bien qu'avant. Maman dit qu'elle est toujours aussi effrontée. Je ne puis pas vous en écrire plus long cette fois, car Général-Grant et Lévitique se battent.

« ANNIE. »

Cette lettre, à laquelle nous avons essayé de conserver tout son parfum de naïveté, ne prouve-t-elle pas chez l'auteur une admirable connaissance de la nature humaine, surtout à cette époque de son développement où l'étude en est si délicate ? Car, pour le moraliste comme pour le médecin, l'enfance présente de difficiles problèmes, dont la solution demande des aptitudes spéciales, des dispositions particulières, impossibles à acquérir par le seul effort de l'étude.

Le *Killing of Julius Cæsar localized* est une fine critique du plaisir qu'éprouve un reporter à offrir au public la primeur d'une nouvelle à sensation, fût-elle néfaste.

Mark Twain raconte la mort de Jules César d'après le compte rendu du courrier du soir de Rome, le « *Roman daily evening Faces* ». Singulière fiction que cette traduction de Tite-Live en style de journal quotidien ! On est un peu scandalisé à l'idée d'entendre crier l'événement sur le Forum ou dans la voie Appienne, comme le font les gamins à tous les coins de rue des grandes cités anglo-américaines. César appelé *Monsieur*, le préteur devenant *Coroner*, les licteurs des *Policemen*, les violons de Rome remplis d'ivrognes : tout cela peut sembler autant de profanations, pour un amateur de l'antiquité. Et pourtant, en y réfléchissant bien, on est tenté de se demander si ce compte rendu fictif ne se rapproche pas plus de la vérité que les descriptions académiques des auteurs du temps. Quelques pages plus loin, nous

nous trouvons dans un sujet tout différent, et plus moderne : nous sommes en plein spiritisme : *Amongst the spirits !*

Mise un moment en vogue par *Allan Kardec*, cette utopie ne conserve plus en France que de rares adeptes dont le prosélytisme est refroidi par une crainte salutaire du cabanon. La situation du spiritisme est plus prospère chez les Anglo-Américains, à cause du respect qu'ils témoignent envers toutes les croyances, bonnes ou mauvaises. Le spiritisme est une hérésie du magnétisme, admettant la communication avec les esprits par l'intermédiaire de personnes jouissant de la faculté d'être *médiums*.

La démonstration de cette doctrine bizarre repose sur la bonne foi des médiums, genre de révélation plus que contestable. Le spiritisme est d'ailleurs renouvelé du moyen âge ; il serait facile d'en trouver la preuve dans un livre dédié à Mme Marguerite de France, par Guillaume Postel, lecteur du roi François Ier. Cette théorie malheureuse, développée dans un opuscule intitulée *Les Très Merveilleuses Victoires des femmes*, ne fut pas l'une des moindres causes qui valurent à cet orientaliste incompris le désagrément de faire un séjour sous les verrous de l'inquisition à Rome (1).

Mais Twain éprouve ensuite le besoin de nous donner une esquisse biographo-humoristique des premières années de Washington. En prenant le texte à la lettre, on pourrait trouver singulier qu'un Américain ait osé écrire du héros de l'Indépendance : « Il ne possédait pas les qualités ordinaires des jeunes gens; il ne savait pas mentir. » N'est-ce pas là une terrible et mordante leçon à l'adresse de ses jeunes compatriotes ?

En voulant raconter un épisode de l'enfance

(1) Postel, tour à tour moine, jésuite, puis protestant, était allé passer plusieurs années en Orient, où il avait acquis une certaine compétence comme orientaliste ; mais ses livres sont un tel *pot-pourri* de toutes les connaissances humaines qu'on ne peut se faire une idée de leur valeur dans chaque branche.

2.

de Georges Washington, Mark Twain oublie complètement son sujet pour ne parler que d'une passion malheureuse pour l'accordéon. Dans la *Touching Story of George Washington's Boyhood*, il n'est question que de propriétaires et de co-locataires poussés aux dernières extrémités par cet instrument peu domestique. L'accordéon n'est-il pas ici une figure du piano, si souvent un instrument de supplice entre les mains des jeunes Anglo-Américaines?

L'*Information for the million* est la réponse à une personne qui demandait des renseignements sur l'état du Névada. C'est une peinture de la situation physique et morale d'un État en voie de formation. L'aspect du pays est décrit par une image pleine de hardiesse :

« Le Névada est généralement un immense désert de sable, embelli de quelques buissons mélancoliques, et ceint d'une bordure de montagnes couvertes de neige. Le manque de verdure donne au pays quelque ressemblance avec un chat qui aurait eu le poil roussi. C'est, — ajoute l'auteur, — ce qui a été le salut de cette province, car jamais un véritable Yankee n'y serait venu si l'accès en avait été facile; les pionniers de la civilisation ne s'y seraient pas arrêtés sans l'attrait des difficultés à vaincre. »

Comment mieux caractériser cette soif de l'impossible capable de faire préférer un désert, où tout est à créer, aux terres fertiles qu'un rien suffirait à améliorer.

En tournant quelques pages, nous arrivons à un chapitre intéressant : « Le lancement du steamer *Capital* »; malheureusement ou heureusement, Mark Twain s'est arrêté en route à écouter une historiette; il arrive seulement à temps pour voir fumer la cale que le navire vient d'abandonner, comme pressé de prendre possession de son élément naturel. La description d'une séance de lanterne magique vient s'adapter à ce titre veuf de son histoire. Cette distraction innocente n'a pu échapper à la monomanie biblique qui est le caractère distinctif du protestantisme anglo-américain.

Les scènes de l'Ancien Testament sont venues prendre la place des mystérieux personnages de Cendrillon et de la Belle au bois dormant, êtres énigmatiques, auxquels toutes ces représentations nuisent beaucoup, en amoindrissant l'idée que nous nous en étions formée, en substituant de grossières images aux conceptions éveillées en nous par les délicieux contes de Perrault. En Amérique, comme ailleurs, pas de spectacle sans orchestre, peu importe la qualité des artistes ; du bruit, beaucoup de bruit, c'est tout ce que leur demande un public peu dilettante. Le Barnum qui dirigeait la représentation s'était assuré le concours d'un tapoteur de piano, et lui avait recommandé de ne jouer que des airs en harmonie avec les différents tableaux de la représentation.

« Messieurs et mesdames, annonce le Barnum, vous voyez devant vous la touchante *histoire de l'enfant prodigue.* »

Aussitôt notre homme d'attaquer la romance populaire :

Oh! we'll all get blind drunk
When Johnny comes marching home.

Oh! nous boirons tous à nous griser
Quand Johnny reviendra au pays.

Rien de plus logique que d'assimiler le retour du fils prodigue à celui de Johnny! Pourtant l'assemblée fut scandalisée, la séance interrompue. Oh! logique! n'est-ce pas là toujours ton sort? Nous t'invoquons à chaque moment, et quand tes règles inflexibles viennent ébranler une de nos illusions, nous te chassons bien vite, comme le pianiste de la lanterne magique.

Le spectacle tant aimé des enfants est clos par ce fâcheux incident, mais les pages qui suivent leur appartiennent encore. Ils sont un peu singuliers au premier abord, les conseils adressés aux gentilles petites filles :

« Ne prenez pas de force le joujou de votre frère; mieux vaut le lui soutirer avec la promesse du premier dollar que vous verrez descendre la rivière sur une pierre flottante;

dans la simplicité de son âge, il regardera cela comme une excellente affaire. De tout temps cette fiction, éminemment admissible, a été pour cet âge une cause de ruine et de désastre. »

En appliquant à Mark Twain les procédés d'une herméneutique un peu serrée, on reconnaît de suite l'allusion caustique renfermée dans cette apparente leçon de duplicité.

Le titre « concernant les femmes de chambre d'hôtel » mérite de nous arrêter, car elles sont l'un des rouages essentiels de ces machines compliquées qui tendent chaque jour à substituer la vie artificielle à la vie de famille. Ceux de nos lecteurs que leurs pérégrinations ont entraînés à traverser la Manche ou à franchir l'Atlantique vont peut-être s'inscrire en faux contre le jugement porté par Mark Twain sur les charmantes soubrettes des caravansérails anglo-américains. Pour nous, habitués à voir dans les hôtels du vieux-monde les soins délicats du service aux mains de filles. dont la propreté est encore

plus douteuse que celle de leur établisse-
ment, il y a une satisfaction incomparable à
respirer ce parfum de propreté qui s'exhale
des colerettes et des tabliers de la soubrette
anglaise. Dès notre premier pas dans l'hôtel,
leur vue nous prédispose à la sécurité la plus
complète sur tout ce dont nous serons appelés à user pendant notre séjour dans la maison. Pour bien juger d'une chose, il faut un
degré d'expérience auquel ne peuvent atteindre les voyageurs d'un jour, ou même de
plusieurs semaines; aussi l'impression qu'ils
rapportent est-elle superficielle, ce qu'ils ont
vu ne leur est apparu que par les bons côtés;
à en croire Mark Twain, il y en aurait de
mauvais. Quel est le diamant dans lequel
l'analyse microscopique n'arrive pas à décou-
vrir des imperfections! Quel est l'astre qui,
vu à travers les lentilles multipliées d'un
téléscope, ne laisse voir quelque nébulosité
au milieu de sa clarté éblouissante! D'après
Mark Twain, qui est généralement sincère, les
femmes de chambre américaines rangent

trop, là est leur côté faible ! Il n'en faut pas douter : cette imperfection est la résultante de bien des qualités précieuses; mais elle n'en reste pas moins un fléau pour les amateurs du « désordre artistique. » Rien n'est plus analogue au découragement d'une personne méticuleuse tombant au milieu d'une maison sens dessus dessous, que la mauvaise humeur d'un artiste voyant son atelier devenu la proie d'une épousseteuse à outrance.

Pareille mésaventure est arrivée maintes fois à Mark Twain dans le cours de sa vie d'hôtel; aussi jette-t-il l'anathème à ces sectaires du plumeau. « Si vous avez besoin d'avoir le crachoir à une place où il vous soit commode, elles se gardent bien de l'y mettre.» Pourquoi cette attention toute spéciale à un ustensile dont l'usage est si peu répandu en Europe? Aux États-Unis, le crachoir est le critérium de tout ameublement; il y en a partout : à l'église, au théâtre, à la banque. Sans doute la population de ce pays est at-

teinte de catarrhe chronique ? Nullement !
Alors ces yankees sont des fumeurs incorri-
gibles ?

Vous brûlez, mais ce n'est pas encore toute
la vérité. Mais alors...? On chique (les hommes seuls, cela va sans dire). partout et toujours. « Time is money », le temps, c'est
de l'argent. Cette répugnante habitude est
née de ce principe, vraie devise de la race
anglo-saxonne; grâce aux crachoirs, elle
n'entraîne pas de perte de temps, c'est l'es-
sentiel. Peut-être trouverez-vous que les
femmes de chambre ont raison de ramasser
les crachoirs si c'est dans le but louable d'apporter une réforme à cette dégoûtante habitude !

Notre voyage à travers « l'humoristique ».
nous transporte quelques pages plus loin
dans la capitale des îles Sandwich. L'unique
but de l'auteur a été de nous montrer *de risu*
un pays atteint du « fonctionnarisme ». s'il
est permis de désigner par ce mot encore à
l'état embryonnaire une maladie sociale qu'il

serait facile d'étudier sans aller à Honolulu.
Il en est des exemples comme des eaux
minérales, ils doivent être pris au loin pour
produire de l'effet. Mark Twain vient de dé-
barquer sur le territoire havaien; il est
abordé par un habitant :

— Bonjour, votre révérence, lui dit celui-
ci, sans doute vous prêchez dans l'église de
pierre de la ville haute ?

— Non, je ne suis pas un prédicateur de
l'évangile !

—Réellement! Je vous demande pardon.Une
bonne saison! capitaine! beaucoup d'huile !

— De l'huile ! pour qui me prenez-vous
donc ?... Je ne suis pas un baleinier.

— Ah ! mille pardons, votre excellence;
sans doute, vous êtes major général des
troupes de la garde? peut-être secrétaire de
l'intérieur? vraisemblablement ministre de la
guerre ?... premier gentilhomme de la chambre ?... commissaire royal?...

— Erreur, mon ami, je ne suis pas fonc-
tionnaire ?

— Seigneur de mon âme, que pouvez-vous bien être ? alors !

Les esprits prévoyants, alarmés de l'évolution qui se fait en France des carrières libérales aux emplois publics , ceux qui pensent avec un poète étouffé par les paperasses d'une administration de province (1).

> Ainsi donc j'ai vingt ans par un travail austère
> Cherché naïvement le vrai sur cette terre,
> Pour échouer aujourd'hui dans un pareil bourbier
> Et, d'homme, devenir machine à copier,

ceux-là comprendront la portée de cette satire contre le « fonctionnarisme », germe destructeur de la vitalité des États, véritable entrave à la libre circulation de la force gouvernementale , seule capable d'assurer de grandes destinées à un peuple.

Mark Twain nous retient aux îles Sandwich, il a à nous raconter « Un rêve étrange sur le bord d'un cratère ». Ce rêve porte le cachet d'une facture artificielle, il n'en est pas

(1) Paul Lemière.

moins intéressant. Ce n'est pas chose facile
que de rêver un rêve, d'entrer pour ainsi dire
de vive force dans le domaine du merveilleux,
pour évoquer ces créatures arbitraires, dont
les ailes viennent parfois effleurer nos pau-
pières endormies. Mais, quand il s'agit de rendre ces sensations complexes, quelle difficulté !

Un artiste y réussira parfois, et le burin
immortel d'un Gustave Doré imprimera sur
la pierre des rêves palpables, sublimes com-
pléments de chefs-d'œuvre impérissables. Le
penseur, au contraire, quelque grand qu'il
puisse devenir, verra toujours sa plume im-
puissante à donner une forme saisissable aux
pérégrinations de la pensée dans les sphères
de l'idéal ; et Gœthe consignera ses aspira-
tions dans le second *Faust*, livre aussi impé-
nétrable que les couches profondes de la
littérature védique.

Comment Mark Twain saurait-il rêver ? lui,
l'enfant d'un pays si pauvre en légendes,
pour bercer ses jeunes générations ? La seule
chose facile à distinguer au milieu de l'obs-

curité profonde de cette partie de son œuvre, c'est une certaine tendance ironique à l'égard des « faiseurs de rêve. »

O fils du dieu Dollar ! quelle sévère réfutation vous trouveriez dans l'œuvre magistrale du maître des maîtres de la vieille patrie saxonne !... Osez médire des rêves quand Charles Dickens dit des illusions, qu' « elles sont à la vie ce que les lumières sont au théâtre » !

Mark Twain ne tarde pas à se replonger dans son élément naturel, mais sa pointe vers le pays des rêves lui laisse encore de vagues préoccupations poétiques, avant de redevenir complètement « humoristique » ; il s'oublie à nous peindre une tourmente de neige dans le désert. Peut-être en écrivant cette page, fort belle d'ailleurs, n'a-t-il été que l'instrument passif des souvenirs de son enfance bercée par les grandes scènes de la vie américaine ? Aussi, il n'a pas senti le besoin de noyer son récit dans cet océan de lieux communs et de phrases stéréotypées, trop souvent l'unique base de ces sortes de descriptions.

L'anecdote elle-même est peu en rapport avec l'événement grandiose dont elle est la conséquence : « Le cannibalisme en wagon. » Oh ! ne vous laissez pas entraîner à des réminiscences de Fenimore Cooper ; il n'est pas question de Peaux-Rouges. Nous sommes dans la seconde moitié du xix° siècle, et les rares descendants des Sioux et des Osages, loin d'attaquer les trains de chemins de fer, s'enfuient au bruit du sifflet des locomotives, ce dernier tintement du glas de leur agonie. Si le Grand-Aigle des Dacothas, le Grand-Serpent..., tous ces chefs illustres, favoris de nos lectures d'enfance, quittaient le pays des chasses heureuses, pour revenir au Wigwam, voudraient-ils reconnaître leurs descendants dans ces êtres abâtardis qui vendent leur part des prairies pour un verre d'eau de feu. Ah ! ils s'écrieraient :

Where are they, where art'thou o my country (1)*!*

(1) Lord Byron, *Don Juan*, chant II.

« Où sont-ils? où es-tu, ô mon pays ? » Non, l'anecdote de Mark Twain vise un inconvénient vraisemblable de l'extension prématurée prise en Amérique par la locomotion à vapeur. Il y a en France nombre d'économistes pour lesquels la constante application du principe suivant a été le piédestal de la célébrité :

Admirer tout ce qui se fait à l'étranger.
Blâmer tout ce qui se fait en France.

Parlez-leur finance, administration, justice, industrie, art même, ils vous répondront sur le ton dogmatique de M. Prudhomme : « Oh ! cela est bien mieux organisé aux États-Unis.» Il n'entre pas dans le cadre de cette étude de démontrer ce qu'il y a d'exagéré dans l'admiration prodiguée si gratuitement aux États-Unis... qui ne nous la rendent pas ; l'exemple des chemins de fer fera concevoir une idée du reste. Dès l'origine du monde, le développement de ces êtres complexes appelés peuples a été soumis à des lois contingentes de leur origine, de l'époque et du pays où ils sont nés, de la région où ils étaient appelés à se développer. La race yankee a jusqu'ici obéi à la règle commune : elle n'était pas comme la France la résultante d'une fusion de races; comme la Chine, l'expansion d'une tribu unique. Née de la révolte d'une fille contre sa mère, elle s'est précipitée tout d'un coup, par un caprice, dans le grand courant de la lutte pour l'existence; venus à une époque de gestation plus avancée que les autres peuples, les Yankees ne pouvaient suivre, dans l'enfantement de leur nationalité, la marche lente et progressive des races du vieux continent.

Cette naissance avant terme allait leur donner un caractère particulier comme nation : cette activité dévorante, inquiète, fiévreuse, sortie du besoin de s'imprimer en peu de temps, la vitesse suffisante pour rejoindre les peuples les plus avancés sur la grande trajectoire que suivent les nations.

Comme les palais éphémères de nos expositions internationales, l'édifice américain n'a pas été bâti, il a été monté. Peut-être un jour l'œuvre persévérante de plusieurs générations parviendra-t-elle à substituer des assises solides à ces pilotis mal assujettis, incapables de soutenir longtemps l'édifice de la grandeur américaine. Cette méthode de développement *a priori* devait entraîner de grands inconvénients, parmi lesquels l'auteur nous cite l'aventure d'un train surpris dans le désert par une tourmente de neige. Ce sont des cas de détresse fréquents, même en Europe; mais la proximité des stations diminue la gravité de l'accident, en permettant d'y apporter un prompt remède. Aux États-Unis, où les voies ferrées tracent leurs sillons en plein désert, un tel événement peut avoir les conséquences les plus graves et atteindre les proportions d'un naufrage au milieu de l'océan. Mark Twain nous montre dans cette position, des voyageurs défendant, contre les éléments déchaînés, leurs corps amaigris par

la faim, n'ayant pas même un mât du haut
duquel ils puissent apercevoir l'arrivée d'un
secours sans lequel ils périront bientôt; obli-
gés enfin d'en appeler à cette loterie horrible,
suprême ressource d'hommes que la souf-
france extrême rend cannibales. Peut-être
cette figure de l'auteur est-elle un peu exagé-
rée; il n'en est pas moins vrai que ce danger
disparaîtrait si les Américains eussent songé
à échelonner, de distance en distance, des
stations, inutiles peut-être au point de vue
du transit, mais indispensables pour assurer
la sécurité des voyageurs.

Ah! vous répondront les administrateurs
des Compagnies américaines, lisez au dos de
nos tikets : « *Company is not answerable for
goods and life of the passengers* », la Compa-
gnie ne répond pas de la vie et des biens des
passagers.

Fort bien, cette aimable notice peut vous
mettre à couvert légalement des revendica-
tions d'indemnité. Mais, messieurs les Yankees, vous aurez beau l'afficher sur toutes les

cloisons de vos chemins de fer, ce principe barbare du mépris de la vie humaine, — sans arriver ainsi à couvrir la responsabilité morale de ces spéculateurs qui construisent sciemment des lignes de pacotille, causes journalières des grands et irréparables malheurs — vous direz vainement, que l'esprit aventureux de vos compatriotes préfère le risque à la sécurité, les ponts de cartons aux ponts de pierre.

Il y a dans ce monde des principes de bon sens desquels relèvent tous les peuples civilisés : « Ce n'est pas tout de faire vite, il faut faire bien ».

« *The celebrated jumping de frog* », nous l'avons dit, est l'œuvre par excellence du « Wild Humorist of the Pacific Slope ». Le suivre dans les « *Innocents at Home* » serait s'exposer à noyer dans une critique de détail le résultat de nos observations. Il semblerait que Mark Twain a écrit ce livre en proie à une obsession, celle des souvenirs de sa vie de « reporter ». Grande est, sans doute, l'im-

portance de cette classe de la société américaine!... Pourquoi, dans un livre dédié à
l'étude de la vie sédentaire, notre auteur
s'abandonne-t-il à la poursuite de ce type de
l'instabilité par excellence? Ah! que de choses
intéressantes il eut pu trouver à nous dire,
sur un sujet qu'il n'a fait qu'effleurer dans le
premier chapitre des « *Innocents at Home* ».
« Il y avait des nababs à cette époque, au temps
de la fièvre d'or, veux-je dire. » C'est cet alors
qu'il fallait nous expliquer, en nous racontant
la naissance, la grandeur et la décadence de
ces races d'aventuriers aujourd'hui disparues.

Il n'y a plus de nababs!... Oh! vous qui
aimez à caresser la chimère des oncles
d'Amérique, tranquillisez-vous! Il nous arri-
vera encore d'au delà des mers des héritages
inespérés. Le titre de nabab n'est pas attaché
au chiffre de la fortune, mais à son origine,
plus ou moins mystérieuse, plus ou moins
fantastique. C'est l'enrichi d'avant la lettre,
l'aventurier assez favorisé du sort pour frapper un filon d'or ou conquérir la faveur d'un

monarque asiatique. Le nabab est une plante rare ; l'air de la civilisation le modifie, en fait un millionnaire, un enrichi par les moyens naturels. Il ne faudrait pas le confondre avec ces aventuriers véreux, qui étalent sans vergogne des fortunes sorties de spéculations honteuses. Nababs bâtards, leur pic n'a eu qu'à frapper la veine facilement exploitable de la crédulité publique ; leur champ d'action, loin de s'étendre aux régions que l'aventure consacre d'une auréole poétique, est resté circonscrit à ce terrain vague limité d'un côté par la politique véreuse, de l'autre par la finance interlope.

L'IRLANDE PROTESTANTE

I

L'IRLANDE PROTESTANTE

L'Ulster est sans contredit et sous tous les rapports, la plus favorisée des provinces de l'Irlande. La terre répond généreusement aux efforts d'agriculteurs éclairés, imbus des méthodes des *Farmers* du nord de l'Angleterre. Depuis une trentaine d'années, la vie industrielle y a pris un développement considérable qui, commencé à Belfast, gagne peu à peu la région. Belfast est maintenant le Manchester et le Liverpool de l'Irlande. Au point de vue pittoresque. l'Ulster, moins favorisé que certaines parties du sud de l'île, a encore été richement doté avec sa chaussée des Géants (*Giants causeway*), cette pointe extrême de l'Irlande où tous les éléments semblent se réunir pour offrir un spectacle grandiose à l'œil du touriste. Le lac Neagh, peu connu même des Irlandais, est pourtant l'un des plus grands du nord de l'Europe, où l'on peut admirer les eaux de l'Océan sur une eau limpide comme du cristal, qui vient mourir au pied des gazons verts des plus beaux domaines du nord de l'île. Malgré le soc de la charrue, qui trace chaque jour de noirs sillons dans sa robe verte, malgré la fumée des usines qui salit son ciel, l'Ulster suffirait seul à justifier ce titre que les poètes irlandais se plaisent tant à donner à l'île natale : *Emerald Isle*. Oui ! cette vieille terre d'Erin à bien les reflets de l'émeraude, et il semble que la Providence l'a couverte de cette riche parure verte, pour consoler l'œil de l'absence du soleil.

Trois ou quatre heures de chemin de fer

séparent à peine Belfast de Dublin; pourtant il existe entre ces deux villes un abîme; ce n'est plus la même race, ce ne sont plus les mêmes coutumes; à Dublin, c'est l'Irlande catholique; à Belfast, c'est l'Irlande protestante. Dublin est la capitale politique et intellectuelle de l'Irlande; son Université — *Trinity college* — ne le cède en rien aux écoles célèbres d'Oxford et de Cambridge. Une Université catholique fondée par les évêques irlandais, permet aux parents de faire participer leurs enfants aux bienfaits de la haute éducation, sans les confier aux maîtres protestants du *Trinity college.* C'est dans les deux universités de Dublin qu'étudient les jeunes gens destinés à recevoir les ordres (*Divinity studients*); au *Trinity college,* sont les futurs ministres de l'Église anglicane, dont la subdivision irlandaise s'appelle : *Church of Ireland.* Astreints à un noviciat plus austère, les catholiques qui se destinent à l'état ecclésiastique font leurs études au grand séminaire de Meneath, à portée de l'université de leur communion. Comme avant l'émancipation, beaucoup de prêtres catholiques vont encore s'instruire à l'étranger, principalement à Paris, à Rome et à Salamanque. L'Église anglicane n'est plus établie en Irlande. Jamais tyrannie ne fut plus odieuse que celle qui obligeait un pays catholique à entretenir grassement un clergé étranger et hostile à la foi de l'immense majorité des habitants.

A l'heure présente, cette église officielle n'existe plus; à la vérité elle a conservé ses biens, dépouilles du catholicisme autrefois proscrit; mais, du jour où la main du pouvoir l'a abandonnée, elle a été condamnée à une déchéance rapide. Dans les grandes villes seulement, les ministres anglicans ont encore des congrégations nombreuses; dans les campagnes, au contraire, leurs vicariats sont absolument des sinécures.

Recruté généralement dans les classes élevées, le clergé anglican apporte à l'accomplissement de son ministère des qualités sérieuses et un grand savoir puisé aux meilleures sources. Mais c'est en vain que l'on chercherait dans ces *clergeymen* l'esprit de prosélytisme qui crée et qui conquiert; il semble que, comme leur religion, caprice d'un roi débauché, ils soient condamnés à une perpétuelle stagnation. Corrects dans leur conduite, mais trop attachés aux intérêts mondains, ils recherchent surtout dans l'Église une position lucrative et honorée.

Veuve de son prestige de religion d'État, l'Église épiscopale a ses jours comptés en Irlande. Battue en brèche par le mouvement catholique aujourd'hui libre dans son expansion, c'est en vain qu'elle essaie de se jeter de plus en plus dans les bras du calvinisme : en butte par cela même aux défiances de sa sœur l'Église primatiale d'Angleterre, elle est fatalement condamnée à être englobée par le presbytérianisme.

Les derniers Stuarts persécutèrent les presbytériens d'Écosse, ralliés tardivement à leur cause avant la restauration de Charles II. Le prince, partisan comme son grand-père du

proverbe « point d'évêques, point de rois »,
n'admettait pas plus les théories égalitaires
des disciples de John Knox, que l'éventualité
de la restauration du catholicisme. A la suite
de ces persécutions, nombre de presbytériens
préférèrent l'exil au sacrifice de la vieille foi
du Covenant d'Écosse. Beaucoup partirent
pour le nord de l'Amérique, où ils ont jeté les
fondements des sectes innombrables existant
de nos jours aux État-Unis et au Canada.
D'autres, aimant mieux aller chercher moins
loin la liberté religieuse, passèrent dans
l'Ulster, où étaient établies les familles d'anciens soldats de Cromwell qu'on avait en-
voyées repeupler la région désolée par les
guerres civiles.

Telle fut la manière dont le presbytérianisme
prit pied sur cette vieille terre irlandaise arrosée
des sueurs apostoliques de saint Patrik et de
saint Malachie. Ce fut de ce même Port-Patrik,
à jamais immortalisé par le grand apôtre gaë-
lique, que partirent ces émigrants portant avec
eux les doctrines du réformateur de Genève.

L'Irlande protestante, c'est donc l'Ulster, dont la majorité des habitants n'est pas de race irlandaise. Le temps les a étroitement attachés à leur nouvelle patrie, devenue entre leurs mains la province la plus fertile et la plus prospère de l'Irlande. Ennemis irréconciliables de l'Église de Rome, les presbytériens se sont toujours montrés les auxiliaires dévoués des catholiques dans la grande lutte de l'autonomie de l'Irlande. Encore de nos jours, où les questions de *home-rule* sont si brûlantes, ce sont des presbytériens qui dirigent le mouvement dans le nord de l'île.

Si le gouvernement de l'Irlande devenue autonome tombait un jour entre les mains d'une majorité presbytérienne, serait-ce pour le pays l'avénement d'une ère vraiment libérale? Il est permis d'en douter, devant les exemples d'intolérance que donnent les municipalités où domine l'élément presbytérien.

II

ORGANISATION DU PRESBYTÉRIANISME DANS L'ULSTER; SA VIE INTIME.

Le calvinisme est certainement la plus répandue des communions protestantes. Luther, moine défroqué, prêtre apostat, s'est seulement adressé aux passions d'un siècle qu'il a traversé, comme un de ces météores brillants qui fendent les nues dans leur course rapide. — Qu'a-t-il laissé?

Personnellement, rien.

Le luthéranisme encore professé en Allemagne est bien plus l'œuvre de Mélanchton que celle du maître. La religion de la Suède et de la Norvège est une création de Gustave

Wasa, sous les auspices du nom de luther. Ame trop ardente pour conserver aucune mesure, Luther attaqua le catholicisme de front ; servi par la cupidité des princes allemands, il lui prit quelques provinces, mais, en somme, il ne lui fit jamais qu'un tort purement matériel. Embarrassé toute sa vie par les lambeaux de sa robe d'augustin, son œuvre ne fut que celle d'un perturbateur.

Calvin apporta, au contraire, dans sa réforme les mille détours d'un juriconsulte consommé ; moins impétueux que le moine saxon, il alla plus loin : il fut, lui, essentiellement un novateur.

Luther était un homme d'action, Calvin fut un pamphlétaire ; mais jamais plume plus subtile et plus puissante n'attaqua le roc de l'Église romaine. Vivant au jour le jour et à la merci des princes allemands, ses protecteurs, Luther subit plutôt qu'il ne créa sa réforme.

Calvin, esprit plus profond et plus concis, entra dans la lutte avec un programme parfaitement déterminé, sachant où il allait et ce qu'il voulait. Loin de s'exposer, comme Luther, au milieu des tempêtes religieuses qu'il avait déchaînées, le réformateur français s'empressa de se soustraire au ressentiment de François Ier, en se réfugiant à Strasbourg, puis à Genève, d'où il inonda la France de ses disciples et de ses pamphlets.

Le plus illustre et le plus intolérant des disciples du théophante de Genève fut un Écossais issu d'une famille bourgeoise, John Knox.

Tout le monde connaît les détails de la lutte de Marie Stuart contre ce fanatique ! — Que les presbytériens, avant de parler de tolérance, se souviennent que leur grand Knox, comme ils le nomment avec orgueil, fit arracher de l'autel le dernier prêtre resté auprès de l'infortunée souveraine. Qu'ils se rappellent que ce soi-disant ministre d'un Dieu de paix et de charité ne sut pas trouver assez de sanglants outrages et d'insultes grossières. pour abreuver cette femme adorable qui était sa reine, et dont il a contribué à faire une martyre. En vain essayent-ils depuis deux siècles de faire de cette brutalité un titre de gloire pour le réformateur écossais.

Ils ont beau répéter aux jeunes générations que seul John Knox sut résister aux artifices de la sirène; les enfants devenus des hommes apprennent dans l'histoire impartiale que l'incorruptibilité du patriarche presbytérien fut d'être sourd à la voix d'une infortunée. John Knox fut habile, avouons-le : aux lords écossais ruinés par la guerre civile, il jeta en pâture les biens du clergé; au peuple, moins aisé à contenter, mais plus facile à éblouir, il promit une république idéale, l'égalité de tous dans la vie civile comme dans le nouveau sacerdoce.

Des missionnaires infatigables des nouvelles doctrines, le fiel dans le cœur, la Bible à la main, parcoururent l'Écosse dans tous les sens : à leurs voix patelines, les abbayes furent pillées, les moines dispersés, et la religion catholique partout prescrite. Sir Walter Scott nous a dépeint ces fanatiques avec une grande vérité d'expression, dans son roman de l'*Abbé* et le *Monastère*. Henry Warden est resté jusqu'ici le prototype des prédicateurs presbytériens et, en le comparant aux pasteurs modernes, on sent qu'il n'y a rien à retoucher au tableau du maître.

L'Ulster constitue l'une des provinces spirituelles du calvinisme. Une assemblée générale (*general assembly*), se réunissant une fois l'an à Belfast, exerce un contrôle suprême sur les églises presbytériennes d'Irlande. Tous les pasteurs pourvus d'une congrégation viennent prendre part à ce concile provincial; ils y sont accompagnés par un *elder* de leur église. Les elders, ou anciens, sont des laïques respectables élus dans chaque paroisse pour assister le ministre dans les fonctions de son ministère. Les professeurs des séminaires presbytériens, les pasteurs sans emploi et les délégués des provinces étrangères font partie de l'assemblée. Un président (*moderator*), élu pour un an, reçoit la mission de diriger les travaux du synode; ses pouvoirs expirent à la séance d'ouverture de l'année suivante, à moins de réélection immédiate. La session dure environ quinze jours. La première séance est entièrement consacrée à des exercices spirituels, dont les plus importants sont le sermon du *moderator* sortant et l'adresse de celui qui entre en fonctions. L'assemblée, légalement constituée, s'occupe alors de toutes les questions religieuses, politiques et sociales, qui intéressent l'Église presbytérienne en Irlande; elle entend les rapports sur les écoles, les hôpitaux et les missions, sur toutes les œuvres qui ont une connexité directe avec l'existence du presbytérianisme. Les ministres qui refusent de se soumettre aux décisions de l'assemblée générale, sont considérés par le fait même comme indépendants, et cessent de faire partie du clergé presbytérien uni.

Rien n'est moins imposant que ces grandes assises du calvinisme irlandais : nos assemblées délibérantes les plus turbulentes ne

sauraient donner qu'une faible idée de la
passions qu'apportent ces révérends pasteurs
dans leurs disputes théologiques. En 1879,
les partisans du progrès (*progressists*) propo-
sèrent l'introduction de la musique instru-
mentale dans les temples presbytériens d'Irlande. Cette proposition souleva une tempête
au sein de l'assemblée. La musique fut rejetée
à une immense majorité, malgré l'éloquence
de l'un des délégués de *Glascow*, qui tenta
vainement de rappeler à la révérende assis-
tance l'exemple du roi David, se rendant
agréable au Seigneur en dansant au son des
cymbales devant l'Arche sainte.

Le parti rétrograde, encore en majorité
dans le synode suprême, combat avec une
extrême énergie toute innovation, bonne ou
mauvaise. En dépit des anathèmes de ces
purs entre les purs du calvinisme, le progrès,
dans sa marche fatale, sape tous les jours une
nouvelle pierre de l'édifice du Covenant, sur
les ruines duquel s'élèvera l'Église évangé-
lique, pareille aux modernes conceptions de

l'architecture italienne que les nécessités d'un autre âge font éclore, au milieu des donjons écroulés de nos vieilles demeures féodales.

Au-dessous de l'assemblée générale de toutes les églises presbytériennes d'Irlande, nous trouvons des assemblées secondaires, veillant aux intérêts et à la direction des églises situées dans un même rayon. Composées à l'instar du synode suprême des pasteurs et des elders de la juridiction, ces assemblées minuscules élisent aussi un *moderator*, destiné à représenter le clergé presbytérien auprès des autorités de la ville et du comté. Au-dessous des assemblées secondaires, viennent les églises ou simples congrégations de fidèles, sous la direction spirituelle d'un pasteur élu (*elected*), assisté de plusieurs elders.

Les ministres font généralement leurs études théologiques au séminaire presbytérien de Belfast (*Presbyterian College*), au sortir duquel ils reçoivent le pouvoir de prêcher

(*Licensed for preaching*) en attendant l'appel (*call*) d'une congrégation.

L'office divin (*Divine service*) se célèbre deux fois chaque dimanche dans les églises presbytériennes, le matin et le soir (*morning and evening service*). Les exercices spirituels sont invariablement les mêmes. La lecture de la Bible, une prière (d'abondance) du pasteur, le chant des psaumes de David, le sermon et la prière d'actions de grâce (*thanksgiving*). Ces prières dégénèrent parfois en personnalités, et malheur aux dissidents qui s'égarent dans les assemblées calvinistes! Ils s'exposent à se voir appliquer les figures les moins flatteuses de l'Ancien Testament, et la multitude de leurs iniquités devient un piédestal sur lequel l'improvisation d'un ministre habile élève l'apothéose de toutes les vertus presbytériennes. En dehors des offices réguliers du dimanche, il y a des services de semaine dirigés par les elders, destinés à alimenter la dévotion des personnes zélées, disons-le irrespectueusement, des bigotes.

L'après-midi du dimanche est consacré aux catéchismes (*Sunday schools*). C'est dans l'organisation des Sunday schools, qu'il faut chercher l'un des moyens d'action les plus puissants du presbytérianisme. Là, l'âme de l'enfant, prise dans toute sa malléabilité, reçoit non seulement l'instruction religieuse, mais le germe presque toujours ineffaçable de l'esprit de la secte, destiné à soutenir plus tard une instruction superficielle par une foi inébranlable.

Après une prière du pasteur et le chant d'un cantique, les enfants se groupent autour des moniteurs qui leur font lire la Bible, en la leur expliquant. Explications parfois bien fantaisistes que celles de ces maîtres et de ces maîtresses improvisés, sortis pour un jour de leurs boutiques ou de leurs ateliers! Peu importe; le but de la Sunday school sera atteint : les commentaires s'effaceront, pour ne laisser dans la mémoire de l'enfant que le souvenir de certains passages qu'il adaptera dans la suite à toutes les circonstances de sa vie.

Après avoir suivi les presbytériens dans leurs églises et dans leurs écoles, nous devons nous demander ce qu'ils sont, une fois sortis des lieux où ils nous apparaissent en quelque sorte officiellement, dans l'exercice de leur culte. Il y a une différence à marquer entre les familles de simples laïques et les familles de pasteurs : nous nous occuperons d'abord de ces dernières.

Les pasteurs restent rarement célibataires : il est presque obligatoire d'être marié pour obtenir l'appel d'une congrégation; c'est une condition pour ainsi dire indispensable. La femme d'un ministre, ses filles quand elles grandissent, deviennent ses auxiliaires dans nombre de ses attributions pastorales. Le premier devoir de la famille d'un pasteur doit être de donner l'exemple d'une conduite irréprochable à toute sa congrégation. Si l'on voyait la mère ou les enfants faire le contraire de ce que prêche le père, ses enseignements risqueraient de perdre singulièrement de leur prestige aux yeux des fidèles. Les familles des

ministres irlandais, hâtons-nous de le dire,
se montrent généralement à la hauteur des
devoirs difficiles que leur crée leur situation.
Il faut rendre justice à l'abnégation de ces
femmes et de ces jeunes filles qui sacrifient
les distractions mondaines les plus inno-
centes, de peur que la tache la plus légère
ne vienne souiller la robe pastorale du chef
de la famille. Si un grand scandale est venu,
il y a cinq ans, affliger l'une des églises calvinistes de Londres, il faut y voir une de ces
rares exceptions destinées à rappeler de temps
à autre le danger du mariage des prêtres. On
aurait donc grand tort de tirer, du cas du
révérend Newman Hall, la condamnation en
masse de ces familles de pasteurs dignes par
leurs vertus et leur dévouement de l'estime
de tous les honnêtes gens.

La vie dans les presbytères se distingue par
une simplicité austère; quelques distractions
n'en sont cependant pas bannies, et la musique, plus heureuse qu'à l'assemblée générale, y est au moins admise à titre d'art

d'agrément. Les congrégations payent bien leur pasteur, mais ses charges sont lourdes : toutes les misères viennent frapper à sa porte. Dieu sait si elles sont nombreuses en Irlande ! Dans les familles laïques, on rencontre plus de laisser-aller que chez les ministres; mais le rigorisme de la secte s'y fait toujours sentir, même dans la plus grande intimité. Tous les presbytériens en général pratiquent strictement; ils n'admettent pas le bal et le spectacle : s'ils se laissent aller parfois à ces distractions condamnables, ils les déguisent sous les noms les plus anodins de soirée et de concert.

III

MOYENS D'ACTION DU PRESBYTÉRIANISME DANS
L'ULSTER, LE MOUVEMENT DE LA TEMPÉ-
RANCE DEPUIS LE PÈRE MATHEW.

Au siècle présent, chez les peuples civilisés
et dans les différentes églises, le but ordi-
naire de la prédication est bien moins d'attirer de nouveaux adeptes à une secte que
d'exhorter les fidèles à persévérer dans la
foi et l'exercice des vertus chrétiennes.

La prédication en elle-même n'est donc
qu'un des moyens très secondaires de la propagande presbytérienne en Irlande. Si des conversions se produisent par ce moyen, ce sont
des faits isolés sans la moindre importance.

Un moyen d'action autrement puissant, c'est l'esprit de prosélytisme qui fait de chaque presbytérienne un prédicateur dont le zèle religieux est doublé de l'art de persuader inné chez la femme.

Fréquemment dans l'Ulster où tant de religions vivent parallèlement, les questions de conversion se greffent sur des amourettes, et la main d'une presbytérienne devient le prix d'une apostasie.

Le moyen le plus officiel de propagande, après la prédication, est la société biblique de librairie (*Bible stand*). C'est d'elle qu'émanent les Bibles et autres publications multicolores, qui sont distribuées gratuitement en Irlande et à l'extérieur; c'est une rosée stérile. Les publications d'autre nature sont à trop bas prix pour que les basses classes s'amusent à lire les produits du *Bible stand.*

Pour les hautes régions la propagande s'incarne sous les formes les plus attrayantes de revues illustrées et de magasins des enfants.

C'est surtout dans le mouvement de la

tempérance que les presbytériens ont su trouver un puissant auxiliaire de leur propagande religieuse. Ils ont de suite compris, avec leur esprit éminemment politique, qu'ils devaient à tout prix monopoliser entre leurs mains un moyen d'action aussi puissant.

La Providence, dans sa sagesse, fait presque toujours naître le remède à côté du mal. Ce n'est pas seulement vrai pour le règne végétal où à chaque pas nous rencontrons la plante qui guérit à côté de celle qui tue : le règne moral nous en offre de frappants exemples dans la vie des hommes et dans la vie des sociétés. Aussi chaque fois qu'une lèpre sociale vient atteindre une portion de la famille humaine, c'est dans la partie la plus gangrenée que nous voyons surgir des institutions destinées à arrêter les progrès du mal.

Le Pierre l'Ermite de la tempérance en Irlande fut un pauvre prêtre du diocèse de Cork, le Père Mathew ; non moins patriote que Daniel O'Connel, il voulut émanciper les catholiques irlandais de leur vice national, l'ivrognerie !

La prédication du Père Mathew dans le sud de l'Irlande fut une véritable croisade. A sa voix, des villes entières s'enrôlèrent sous les bannières de la tempérance, et des milliers de personnes de tout sexe et de tout âge prirent entre ses mains le vœu de ne plus boire de liqueurs alcoolisées. La populace, dans le premier moment d'enthousiasme, alla jusqu'à démolir solennellement les cabarets (*public-houses*).

Cette conversion en masse était trop spontanée pour être durable; les *public-houses* ont été reconstruites, les populations du sud de l'Irlande sont retombées plus que jamais dans leurs habitudes d'intempérance; néanmoins il reste indiscutable que c'est du Père Mathew que procède le mouvement de la tempérance en Irlande et dans tous les pays où il se fait sentir. Si d'autres sont venus, après lui, discipliner le mouvement, de manière à obtenir des résultats moins brillants mais

plus solides, ils ne peuvent en rien amoin-
drir les droits du Père Mathew à la reconnais-
sance et à l'admiration de tous les philan-
thropes.

Le but vraiment pratique des associations
de tempérance est d'essayer de protéger les
jeunes générations de l'atteinte du mal. Le
proverbe *qui a bu boira* est malheureusement trop vrai. et les conversions d'ivrognes
endurcis sont bien rares.

La mission préservatrice imposée aux sociétés de tempérance présente de grandes
difficultés, dans un pays où les enfants des
basses classes sucent pour ainsi dire le vice
national avec le lait de leur mère.

Ce n'est pas la femme, souvent plus adon-
née à l'ivrognerie que son mari, qui pourra
combattre dans l'âme de ses enfants les in-
fluences pernicieuses des mauvais exemples.

Que les gens qui tournent en ridicule les
sociétés de tempérance prennent la peine de
pénétrer dans les réduits repoussants d'une
ville irlandaise! Quand ils auront vu, dans

des galetas ignobles, de pauvres petits êtres demi-nus, mourant de froid, demander à manger à des parents qui, ivres de wisky et vautrés dans la fange qui leur sert de lit, ne leur **répondent** que par des hoquets d'ivrogne, alors ils comprendront l'œuvre du Père Mathew.

Les presbytériens ont admirablement résolu le problème : pour arrêter dans l'enfant le développement du germe héréditaire, ils lui inculqueront un germe contraire, le fanatisme de la tempérance, qui, cultivé avec soin depuis l'âge le plus tendre, deviendra son palladium contre les tentations de l'adolescence et même de l'âge mûr.

L'action des sociétés de tempérance sur l'enfance s'exerce principalement dans des assemblées hebdomadaires (*Band of hope*) où tout est mis en œuvre pour attirer les enfants des classes ouvrières sans distinction de religion.

Instruire en amusant, tel est le but que se proposent les organisateurs des *Band of hope;*

ils y arrivent par des lectures spécialement
choisies pour frapper le jeune auditoire et lui
inculquer, sous une forme attrayante et souvent détournée, l'amour de la tempérance.
Si la musique fait place aux lectures (*reading*),
ce seront toujours des chansons comiques
dans lesquelles l'ivrogne est tourné en ridicule et subit les mésaventures qui sont le
résultat de son intempérance. Entre les différents exercices les enfants chantent des
hymnes (*songs*) sur la tempérance, et le président (*chairman*) clôt la soirée par une longue
prière qui est plus ou moins une réclame
presbytérienne. L'enfant qui a été attiré une
fois à la *Band of hope* y retourne assidûment :
sa petite âme, qui s'étiole dans quelque fau-
bourg insalubre, éprouve un suprême délas-
sement à venir respirer de temps à autre
l'atmosphère joyeuse de ces réunions enfan-
tines. Maltraité à la maison comme à la fa-
brique où il gagne déjà sa chétive existence,
le pauvre petit être entend avec ravissement
de douces paroles et de bons conseils, sous

l'influence desquels il devient parfois l'apôtre du foyer domestique en entraînant ses parents aux séances de la *Band of hope*.

En vain les catholiques et les anglicans essayent de lutter en fondant aussi des sociétés de tempérance; loin d'y attirer la jeunesse des Églises dissidentes, ils parviennent rarement à y réunir les enfants de leur propre communion.

L'action de la tempérance chez les adultes s'exerce principalement par une association secrète dite des *Good Templars*, dont presque tous les affiliés sont presbytériens. Les *Good Templars* sont groupés en loges comme les associations maçonniques. Il est permis de se demander si le but philanthropique que se donne cette société ne cache pas une branche spéciale de la franc-maçonnerie?

Quel est donc le but officieux des *Good Templars?* Il serait difficile de le préciser, mais il est permis de croire à sa connexité · avec celui des sociétés secrètes.

Les *Good Templars* sont-ils complètement

étrangers aux convulsions qui agitent en ce moment le centre et le sud-ouest de l'île?... La tranquillité dont jouissent généralement les comtés du Nord où existe l'association pourrait le faire croire, si l'on ne prenait en considération la prospérité relative de cette région, qui peut y paralyser les appels à la guerre sociale.

En résumé, à la *Band of hope* comme dans les loges des *Good Templars*, la tempérance n'est qu'un puissant moyen d'action de la propagande presbytérienne. De tels moyens sont-ils des auxiliaires dignes d'une secte religieuse?

Néanmoins le presbytérianisme est incontestablement puissant en Irlande; peut-être trouvera-t-on dans le simple aperçu que nous venons d'exposer le secret de cette puissance et la justification du titre de ces quelques pages : *L'Irlande protestante.*

FIN

PARIS. — IMP. C. MARPON ET E. FLAMMARION, RUE RACINE, 26.

NOUVELLES PUBLICATIONS

COLLECTION IN-18 A 3 FR. 50 LE VOLUME

PARIS. — IMP. C. MARPON ET E. FLAMMARION, RUE RACINE, 26.